UM
ANO DE
HISTÓRIAS

CB021830

EMILIO GAROFALO

ENQUANTO HOUVER BATALHAS

THOMAS NELSON BRASIL

Pilgrim

APRESENTAÇÃO DA COLEÇÃO

Este é um livro de meu projeto “Um ano de histórias”. Há anos tenho encorajado cristãos a lerem e a produzirem histórias de ficção. O prazer de ler e escrever ficção é algo que está em meu peito desde a infância. Falo muito sobre o assunto num artigo disponível online chamado “Ler ficção é bom para pastor”.[1] Nele, conto um pouco de minha história como leitor, bem como argumento acerca da importância de cristãos consumirem boa ficção.

É claro, para que haja boa ficção, alguém tem de escrevê-la. Tenho desafiado várias

---

1 *Disponível em: http://monergismo.com/novo/livros/ler-ficcao-e-bom-para-pastor/*

pessoas a tentar a mão na escrita e, para minha alegria, alguns têm aceitado e produzido material de ótima qualidade. E aqui estou também, dando o texto e a cara a tapa. Este projeto é minha tentativa de contribuir com boas histórias. O desafio seria trazer ao público um ano inteirinho de histórias, lançando ao menos uma por mês ao longo do ano de 2021. No final das contas, são 14 livros. Há, é claro, muitas outras histórias ainda por desenvolver, sementes por regar.

As histórias do projeto podem ser lidas em qualquer ordem. Vale notar, entretanto, que embora não haja uma sequência necessária de leituras, elas se passam no mesmo universo literário. Não será incomum encontrar referências e mesmo personagens de um livro em outro. De qualquer forma, deixo aqui minha sugestão de leitura para você, caro leitor, que está prestes a se aventurar nesse um ano de histórias:

> Então se verão
> O peso das coisas
> Enquanto houver batalhas
> Lá onde o coração faz a curva
> A hora de parar de chorar
> Soblenatuxisto
> Voando para Leste
> Vulcão pura lava
> O que se passou na montanha
> Esfirras de outro mundo
> Aquilo que paira no ar
> Frankencity
> Sem nem se despedir e outras histórias
> Pode ser que eu morra hoje

Tentei ainda me aventurar por diversos gêneros literários. De romances de formação à literatura epistolar, passando por histórias de amor, *soft sci-fi*, fantasia e até reportagens. Ainda há muitos gêneros a serem explorados. Quem sabe em outro projeto. Se as histórias ficaram boas, só o leitor poderá dizer. De qualquer forma, agradeço imensamente pela sua disposição em lê-las.

ENQUANTO HOUVER BATALHAS

Este livro é uma humilde tentativa de escrever uma obra de ficção por meio do formato de uma longa entrevista; de contar uma história como se o leitor estivesse lendo uma matéria longa num jornal ou revista, como a gente fazia antigamente, no tempo das cavernas.

Aliás, vale dizer que esta é uma obra de ficção baseada em fatos que se passaram em uma cultura distante, muito tempo atrás, mas aqui mesmo na nossa galáxia. Tomo a liberdade de imaginar como teria sido uma entrevista com a mãe de alguns dos envolvidos; como seria se a história tivesse acontecido em outro tempo, em outro lugar. Meu amado C. S. Lewis, por exemplo, insistia que suas *Crônicas de Nárnia* não deveriam ser vistas como alegorias, mas como um exercício de imaginação sobre como as coisas poderiam ter sido se elas tivessem se desenrolado em outro lugar, quiçá em outro mundo. É mais ou menos o que tento fazer aqui (claro, sem nem chegar perto do velho irlandês). Por licença literária, acabo provendo detalhes que não estavam no original.

Uma mãe sofrida reconta, nesta tocante entrevista, a tragédia que se abateu sobre seus filhos impressionantes. O que se passa no agreste paraibano? Venha conhecer a história de Dona Zê e seus filhos Binho, Jô e Zezel. Você consegue lidar com um pouco de sangue? Se tem arma, é bom trazer. Se não tem, venda a capa e compre!

UAN

VER

"Toda bota com que anda o guerreiro no tumulto da batalha e toda veste revolvida em sangue serão queimadas, servirão de pasto ao fogo." (Isaías 9.5)

E*sta é a transcrição da gravação feita no telefone do repórter.*

A entrevista se dá na singela casa de Dona Zê, como ela gosta de ser chamada, na pequena residência em que mora sozinha, bem próxima a Alcantil, Paraíba. Ela saiu da Paraíba quinze anos atrás, passando alguns anos pelo sul do Brasil. Retornou há cerca de um ano, estabelecendo-se em Alcantil, onde tem uma cunhada. A casa, pintada de azul-claro, fica às margens da PB-150. A pintura é nova e traz alegria à moradora tão sofrida. A entrevista, gentilmente concedida à *Revista Pais sem Paz*, está ocorrendo na varanda da casa da mãe enlutada, após trivialidades em torno de café e muita, muita comida. Mesmo eu tendo avisado que tomaria café da manhã na pousada, foi como se Dona Zê nem me tivesse ouvido. Às sete e meia da manhã, eu já estava lá e comendo de novo. Café excessivamente adoçado, bolo baeta, tapioca, tareco, suco de cajá, bolo fofo, cuscuz com tripa assada e cuscuz com bode torrado.

Revista Pais sem Paz: *Dona Zê, agradeço a gentileza de falar conosco. Sei que a senhora sempre evitou falar desses eventos, mas, agora que alguns anos se passaram, a senhora parece estar disposta a falar. Foi difícil localizá-la, mas que bom que tudo deu certo. Os leitores da Pais sem Paz agradecem.*

Dona Zê: Não há de quê. Continue comendo, moço. O senhor está magro feito sibito baleado. Por onde eu começo?

RPSP: *Fale do nascimento deles — o que a senhora quiser dizer. Eu tenho algumas perguntas, mas quero primeiro que diga o que quiser sobre os seus filhotes.*

DZ: Os três foram de parto normal. Binho nasceu em Campina. Lá tinha estrutura. Os outros nasceram foi em casa, lá em Pedras de Fogo mesmo. Com Binho e Zezel foi tudo bem, mas achei que ia perder Jô. Ele nasceu todo roxo, e a parteira assustou. Graças a Deus, ficou tudo bem.

RPSP: *Ele foi o primeiro?*

DZ: Não, o mais velho foi Binho. Esse nasceu sorrindo. O senhor tinha de ver. Parecia que tinha se alegrado em ver a luz. Eu sempre pensei assim dele: "Meu filho que ama ver a luz". Zezel também veio sem aperreios. Mas com Jô o negócio foi feio mesmo. Deus poupou a vida dele.

RPSP: *Três paraibanos, orgulhosos do estado.*

DZ: Olha, vou lhe dizer uma coisa que eu não diria enquanto Jô estava vivo. Ele nasceu foi em Pernambuco, no lado de lá da cidade. Não sei se o senhor sabe, mas Pedras de Fogo fica na divisa entre Paraíba e Pernambuco. Nunca falou pra ninguém. Gostava de se dizer paraibano, e acho que, no coração, que é o que importa, ele era mesmo.

RPSP: *E as qualidades deles? O que chamava a atenção já desde cedo?*

DZ: Jô era muito sabido e mandão. Queria sempre mandar em todo mundo. E levava jeito. Era o mais sabido, mas gostava de gazear aula. Quando abria a matraca, era impossível fazer calar. Binho era de uma força medonha. Não tinha ninguém forte como ele. O bicho era bruto. Com 13 anos já vencia o pai na queda de braço.

Gostava de se dizer paraibano, e acho que, no coração, que é o que importa, ele era mesmo.

Uma vez ele lutou contra um rapaz de duas séries à frente dele na escola. O moço trouxe dois amigos pra segurar o Binho, mas não adiantou. Bateu nos três. O rapaz perdeu um olho. Já Zezel era ligeiro que nem coceira de macaco. Tinha um professor de educação física que dizia que, se ele fosse pra capital treinar, ia parar nas Olimpíadas. Não sei, Deus sabe. Mas era maluvido. Que menino maluvido! Cabeça-dura. Só ouvia o que queria.

***RPSP:** E quando foi que se mudaram de Pedras?*

DZ: Na adolescência deles. Meu marido conseguiu um trabalho em Itabaiana, e fomos. Nada de mais acontecia por lá, não. Mas foi bem nesse tempo que o Cabeça começou a mandar na região.

***RPSP:** Isso já era claro para todo mundo? Esse domínio do Cabeça?*

DZ: Não muito. O senhor precisa entender que naqueles dias não tinha governo lá pra oeste de Itabaiana. Não, não. Cada um fazia o que queria; quem fosse mais forte mandava e quem era mais fraco tinha de obedecer. Sei que a gente viveu por muito tempo cada um fazendo como queria. O povo estava cansado disso e acabou escolhendo, assim no susto, o Cabeça pra mandar. O Cabeça era fortão e meio doido. O povo andava cansado e sem esperança. E o Cabeça usou isso. Ele era bem impressionante mesmo.

Grandão. Começou a mandar, e todo mundo achou uma boa ideia ter alguém mandando. Quando a gente viu, ele já mandava em tudo. Toda aquela região. Pedro Velho, Gado Bravo, Umbuzeira, até Santa Cecília... Toda aquela parte da Paraíba e também Pernambuco, pois a verdade é que ninguém sabe direito onde que cada estado começa, e os bodes não ligam pra fronteira. Não, não. O Cabeça até que fazia um bom trabalho - por um tempo foi assim. O problema foi quando começou a vir a bandidagem lá do litoral.

“Cada um fazia o que queria; quem fosse mais forte mandava e quem era mais fraco tinha de obedecer.

RPSP: *Fale mais deles.*

DZ: O senhor sabe. Turma de Pitimbu e Boca da Mata, daquelas bandas. Bandidagem braba mesmo. Vinham pra roubar agência do Banco do Brasil e da Caixa pra todo lado no interior. E roubavam igreja também. O Cabeça lutou contra eles muito bem. Botou um pouco de lei onde não tinha nenhuma. O problema foi quando eles trouxeram o pior dos matadores deles. Borborema, o nome dele. Tinha esse apelido por ser grande que nem a serra.

RPSP: *O Borborema desafiou o pessoal do Cabeça para um duelo, não foi isso?*

DZ: Sim, senhor. Mas ninguém aceitou. Duelo ao pôr do Sol, que nem a gente via em filme de bangue-bangue americano. O Borborema ficou mangando de todo mundo. Tinha de ser na luta assim um contra um. E todo mundo ficou meio decepcionado que o

Cabeça não se prontificou pra lutar. O resto da história o senhor já sabe. O Ruivo acertou os xêxos na testa do Borborema. Rachou tudo ali no meio dos olhos. E ainda pegou a peixeira do Borborema e tirou fora a cabeça dele. Foi coisa desses filmes de terror que passam de madrugada. Aquela cabeça pingando...

“O Ruivo acertou os xêxos na testa do Borborema. Rachou tudo ali no meio dos olhos. E ainda pegou a peixeira do Borborema e tirou fora a cabeça dele.

RPSP: *Foi nessa época que seus filhos foram andar com o Ruivo?*

DZ: É dele que o senhor quer saber, não é?

RPSP: *Bem, a senhora me desculpe, mas o Ruivo é uma pessoa-chave nisso tudo. Tem muito interesse pela história dele por aí.*

DZ: Não fico triste, não. Meus filhos o amavam como à própria vida. Então, todo mundo sabe que o Ruivo nunca quis entrar em briga com o Cabeça, não. Não, não. Todo mundo sabe que ele ajudou o Cabeça na briga contra o pessoal do litoral e matou o Borborema. Mas o Cabeça pegou ranço dele. Acho que ciúme mesmo por toda a atenção que o Ruivo tinha. O Cabeça sabia ser amável quando queria, mas não queria quase nunca. E sempre que ele estava borocoxô o Ruivo ia até lá tocar xote pr'acalmar o homem. E o problema é que todo mundo amava o Ruivo. Todo mundo tinha respeito

> **Os homens queriam ser ele. As mulheres queriam ser dele.**

pelo Cabeça, mas amor? Tinha não, senhor. Dos homens e das mulheres! Os homens queriam ser ele. As mulheres queriam ser dele. Meus filhos logo o admiraram. Quando o Cabeça danou a querer a cabeça do Ruivo, e esse menino fugiu, um bando logo se juntou a ele. Meus bacuri foram junto.

***RPSP:** Foi quando ele se meteu naquela gruta perto da Cachoeira do Juçaral?*

DZ: Sim, senhor. Foi juntando parente do Ruivo com gente que tinha problema com o Cabeça. Gente de todo tipo. Não só gente boa que nem meus meninos, não. Eu ficava aperreada sem saber como eles estavam vivendo. Mas estavam com família e eu confiava na criação que dei.

RPSP: *Família?*

DZ: Acho que agora não tem problema dizer. O Ruivo era meu parente. Não cresceu muito perto, não. Mas era. Na época, a gente evitou abrir o bico, pra não ter muído. Os meninos o viam como um gigante mesmo. E deram o sangue pelo bando. E Deus era com eles, moço. O senhor nem imagina quantas vezes eles escaparam do Cabeça. A gente em casa ouvia notícia e vivia aperreado com tudo isso. Dava uma tranquilidade saber que eles estavam com o bando.

RPSP: *Conta mais do bando dele.*

DZ: Sim, senhor. Eu acho que nunca houve um grupo tão bom de briga junto. Muito melhor que a turma do Cabeça e que os maus elementos do litoral. O que sei foi

“Os meninos o viam como um gigante mesmo. E deram o sangue pelo bando. E Deus era com eles, moço.

Binho que me contou. Ele nunca foi de exagerar, não. Veja, o Ruivo tinha de, por um lado, lidar com a turma do litoral; toda hora vinha um grupinho de lá fazer alguma ruindade em nossas vilas. Ao mesmo tempo tinha de lidar com a turma do Cabeça. Aqueles homens junto com o Ruivo eram uma força militar incrível. Todos destemidos e bons de briga. Tem histórias, né... Binho jura que todas são verdade. Diz que um deles uma vez lutou um dia todinho com a turma do litoral,

Diz que um deles uma vez lutou um dia todinho com a turma do litoral, a ponto de sua arma grudar na mão.

a ponto de sua arma grudar na mão. Não sei, não. Talvez. Com o calor de lá, pode ser que seja mesmo. Eram uns trezentos no grupo, mas tinha os trinta principais e ainda três que eram os mais famosos. Binho era o chefe dos trinta. Entenda, ele era o melhor mesmo. Ele não era dos mais famosos no início, mas numa briga ele derrotou tanta, tanta gente, que ficou famoso que nem os outros. Binho era um lutador sem dó. Dizem que ele chegou coberto de sangue naquele dia, todo mal-amanhado. Foi a uma cachoeira banhar. Zezel era um dos trinta, bom de briga, mas não que nem o Binho.

RPSP: Deviam ser assustadores.

DZ: Acho que o senhor entendeu errado. Medonhos eram os do Cabeça e os do litoral. O bando do Ruivo era ordeiro. Não faziam mal pros indefesos, não, não. Esses meninos nunca eram abusivos. Sempre educados e

protetores. Por isso eram tão amados pelo povo. O Ruivo inspirava esse pessoal. Eram assustadores? Sim. Pra quem era do mal.

RPSP: *Entendo. Cada um tem seu ponto de vista, não é mesmo? Conta alguma história boa desse tempo.*

DZ: Teve uma que aconteceu uma vez e que foi muito divertida. Foi com Binho. O Ruivo e ele estavam escondidos lá na mata, naquele acampamento deles. Ouviram um barulho numa clareira bem perto e foram investigar. Olha, ninguém sabe disso, estou te contando, pois Binho me contou. Ouviram aquela zoada, e era o Cabeça com a turma dele, cansados de passar o dia procurando o Ruivo. Acamparam ali mesmo e dormiram todos. Até o vigia dormiu. O Cabeça dormiu; o Ruivo foi andando pelos jagunços adormecidos. Diz o Binho que ele e Ruivo chegaram ao lado do Cabeça e ficaram ali olhando ele dormir. Tinha uma espingarda do Cabeça ali juntinho. Binho sussurrou pro Ruivo, dizendo que ele cuidava de varar a cabeça do Cabeça. Que ele não precisaria de duas chances. O Ruivo não deixou. Pegaram a cartucheira e o cantil de cabaça do Cabeça e foram pra cima de um morro. De lá começaram a gritar chamando o Lúcio, que era o principal capanga do Cabeça. Ficaram mangando dele, dizendo que não servia pra nada, que nem conseguia proteger o chefe dele. Binho contava essa história morrendo de rir.

RPSP: *O Ruivo era um líder justo?*

DZ: Oxe! Se era! Uma vez eles foram atrás de uns bandidos que tinham pegado dinheiro do povo de uma vila. Veja, dessa situação o pessoal não fala muito, pois tem vergonha. A caçada foi dura. Bem na seca desse agreste entrando pelo cariri. Nem

“Pegaram a cartucheira e o cantil de cabaça do Cabeça e foram pra cima de um morro. De lá começaram a gritar chamando o Lúcio, que era o principal capanga do Cabeça. Ficaram mangando dele, dizendo que não servia pra nada, que nem conseguia proteger o chefe dele.

todos foram, vários ficaram pelo caminho, guardando as coisas. O bando foi lá e pegou tudo o que tinha sumido – e mais. Quando chegou a hora de repartir o que tinham conquistado, uma turma não quis deixar repartir com quem tinha ficado, dizendo que não mereciam. Não, não. O Ruivo disse que Deus é que tinha resolvido pra eles e todo mundo receberia recompensa. Merecer, ninguém merecia. Alguns não gostaram. Tem gente que só age na base do merecimento. Acho que o Ruivo sabia bem que não merecia era nada na vida.

***RPSP:** Seus filhos se meteram em coisa pesada, né? Tem coisas que dizem que os valentes do Ruivo fizeram que são um pouco suspeitas, sim.*

DZ: Então, todo mundo sabe que o Ruivo e os meninos andaram com o pessoal do litoral um tempo. Todo mundo achava que eles tinham passado pro lado da bandidagem

Tem gente que só age na base do merecimento. Acho que o Ruivo sabia bem que não merecia era nada na vida.

mesmo. Mas não foi assim. Na verdade, estavam tentando alguma manobra pra se protegerem da ira do Cabeça, e, ao mesmo tempo, sabotavam as piores coisas que a turma do litoral fazia.

RPSP: *Que nem policial disfarçado?*

DZ: Isso.

Sabe aquele filme da Tela Quente, de policial disfarçado? Que nem aquilo. E, sim, tiveram que fazer umas coisas bem erradas. É tudo muito confuso.

RPSP: *E quando o Cabeça morreu? Como foi?*

DZ: Deixe me alembrar. Dia em que o Cabeça e o Dione, filho dele, morreram... Foi muito triste pra muita gente. Um alívio pra muitos outros. As pessoas não acreditam no que aconteceu. Todo mundo achava que o Ruivo ia ficar feliz com a morte do Cabeça, mas não. A história da morte foi uma tristeza só. O Cabeça estava cada vez mais perdido. Tinha até ido atrás de uma mulher que mexia com coisa oculta. Assombração mesmo. Estava alesado demais. Saindo de lá, ele foi numa batalha, mais uma briga desnecessária. Morreram tanto o Cabeça como o Dione. O que ninguém sabia é que o Dione e o Ruivo eram muito amigos. Amigos demais mesmo. E que partia o coração dos dois essa briga toda. O Ruivo nunca gostou daquilo, daquela briga toda. O que ele queria no começo sempre foi ajudar o Cabeça a cuidar bem das pessoas e da terra. E, claro, morrer o Dione foi um golpe muito duro para ele. Era o melhor amigo dele. O único que entendia mesmo o coração do Ruivo. Aliás, naqueles dias mesmo o Ruivo fez uma música sobre aquilo tudo. Coisa mais linda que você pode imaginar. O Zezel cantou pra mim um dia. Zezel não era muito afinado, não. Mas compensava com uma emoção que vinha da alma mesmo. Esse era o Zezel, todo coração. Eu falava pra ele: "Filho, em qualquer lugar que te cortarem, você está arriscado morrer, pois você é todo coração."

***RPSP:** E essas mortes foram o que iniciou o ciclo de eventos que levou a toda a sua tragédia pessoal – certo, Dona Zê?*

DZ: Isso, a confusão começou aí. O Lúcio percebeu a oportunidade de poder e apoiou que um dos filhos do Cabeça se tornasse novo chefe. Mas, todo mundo sabe, no fundo, que era o Lúcio mesmo que ia mandar. Por outro

Eu falava pra ele: "Filho, em qualquer lugar que te cortarem, você está arriscado morrer, pois você é todo coração."

lado, todo mundo esperava que o Ruivo é que mandaria na região toda. E assim foi mais briga. E assim comecei a perder meus filhos.

RPSP: *A senhora quer falar sobre como ficou sabendo da morte de Zezel? Eu sei que é assunto dolorido, mas precisamos falar um pouco sobre o fim deles.*

DZ: Eu sei.

[Longo silêncio]

RPSP: *Como foi aquele dia, pelo que a senhora sabe?*

DZ: Foi Jô quem veio me contar da desgraça. Binho tinha saído. Não. Quem foi mesmo? Meu Deus do céu...

RPSP: *Quer uma água?*

DZ: Tudo bem. Teve um dia um encontro dos rivais. O Lúcio foi com os dele. E o meu Jô é quem foi com alguns dos homens do Ruivo lá perto de um poço. Aquela situação nervosa, né? Claro que ia ter morte. O Lúcio falou pro Jô que, ao invés de lutar todo mundo, lutasse só um grupo de cada lado. Escolheram 12. É coisa que não dá pra acreditar. Foram tão brabos no tiroteio, que todos os 12 de cada lado foram baleados e morreram. Depois teve uma briga maior com quem sobrou. E o miserável do Lúcio acabou fugindo.

RPSP: *Quem dos seus filhos estava lá?*

DZ: Os três! E o que aconteceu foi que Zezel, sempre o mais ligeiro, saiu correndo atrás do Lúcio. Nos meses depois da tragédia, o Lúcio sempre insistiu que alertou o Zezel pra parar de persegui-lo. Foram assim: um fugindo e o outro correndo atrás e procurando a captura. Zezel devia estar com sangue nos olhos. Que nem quando ele quis achar um menino na rua de casa que tinha feito malvadeza com o cachorro dele, o Linguicinha. Zezel passou o dia procurando o menino no mato, até que encontrou e deu-lhe uma pisa. O menino nunca mais andou direito. Esse era Zezel. Sempre querendo fazer justiça. E por isso ele não desistiu. Lúcio sempre falou que não queria briga com Zezel, pois não queria problema com o Jô. Sinto um arrepio no espinhaço só de pensar. Sei direitinho a cara que Zezel devia estar fazendo. Lúcio mandou parar.

Zezel não parou – não, senhor. Não parou. Acho que, se fosse Binho, teria parado. Mas era Zezel, e se tinha uma coisa que Zezel não sabia era desistir. E não parou. Lúcio o acertou no peito. Não teve nem tempo de perceber que estava morrendo. Aquela sangueira toda. Pegou ele pelo cangote, foi o que disseram. Mangou de Zezel enquanto ele morria. Jô e Binho foram atrás do Lúcio. Foram sim. Eu consigo imaginar direitinho a cara dos dois. Jô devia estar com olhos lavados de raiva. Já Binho, por certo, estava com os dentes trincados. Lúcio convenceu Jô que era melhor parar por ali, e naquele dia ficou naquilo mesmo. Já tinha morrido muita gente. Do nosso lado, uns vinte. Do outro, mais de 300. Mas um dos nossos foi Zezel. Meu Zezel. Eu nunca mais ouviria ele cantando no chuveiro os rocks que ele gostava e aprendeu quando passou um verão com os primos em João Pessoa.

> **“Mas era Zezel, e se tinha uma coisa que Zezel não sabia era desistir. E não parou.**

• • • • • • • • • • • • • • • • • • • •

RPSP: *Depois disso, tudo se acalmou, certo? Com o Ruivo assumindo o comando da região.*

DZ: Demorou foi muito pra acalmar. O problema: o Lúcio sempre foi muito sagaz. Ele viu que a maré virou e se juntou ao Ruivo. Desistiu da ideia de apoiar algum filho do Cabeça. O controle do território passou pro Ruivo com seus filhos e seu bando de homens corajosos. Pro Ruivo, foi um tremendo triunfo, um grande reforço mesmo. O Lúcio era galo velho de brigas e trazia consigo muitas vantagens. Mas, claro, meus filhos não gostaram nada daquilo. O cheiro do sangue de Zezel ainda fazia eles perderem o rumo. Binho falava que era que nem se ainda sentisse na mão o cheiro de ferro do sangue do irmão.

RPSP: *E em que momento a senhora soube que o Jô estava planejando matar o Lúcio?*

DZ: Eu sabia, filho. Eu sabia desde o enterro. Eu vi Binho. Ele estava capiongo, mas tristeza de dia nublado que um dia vai passar. Jô, não. Jô estava com a escuridão de um calabouço na alma e nos olhos. Eu falei pro Jô que vingança não iria resolver. Que só traria mais tristeza pra nossa família. Ele estava bravo com o Ruivo por ter aceitado o Lúcio.

RPSP: *E como foi que aconteceu?*

DZ: O senhor precisa mesmo que eu diga? Bem, Jô tapeou o Lúcio. Chamou pra uma conversa dando a entender que era ordem do Ruivo. Ele e Binho nem disfarçaram quando Lúcio chegou. Um tiro no bucho e o deixaram sangrar até morrer. O Ruivo ficou louco da vida e xingou maldições sobre nossa casa. E ainda fez um enterro digno e cheio de dor pro Lúcio. Ele falou de meus filhos pra todo mundo. Que eles eram mais severos que ele. Pro Ruivo, era importante, até por questões de política, que ficasse claro que não tinha sido tocaia dele contra o Lúcio.

RPSP: *Mas logo a confusão acalmou, não?*

DZ: Sim. Jô ganhou de novo a confiança do Ruivo. Acho que ele sabia que, no fundo, Lúcio mereceu aquilo. Jô se tornou mesmo o líder da equipe de guerra, e foram muitas batalhas. Não mais contra o pessoal do Cabeça, pois essa turma se acabou, mas contra outros bandos que apareciam aqui e ali. O pessoal do litoral de vez em quando vinha atazanar, mas não dava conta do Ruivo e de Jô – não, senhor. Não, não. Jô era de confiança. Ele ajudou o Ruivo a se livrar do marido de uma mulher que ele quis pra ele. É uma história feia. Prefiro nem falar muito disso não.

RPSP: *Foram dias difíceis, não? Partes muito boas e algumas coisas muito ruins. O que foi que mais pesou naqueles anos?*

DZ: A traição do Axel, um dos filhos do Ruivo, acho que foi o maior sofrimento da vida dele. Foi coisa feia mesmo. Aquela agitação toda, o Axel ganhando o coração do pessoal e se rebelando contra o próprio pai. E no final das contas o Axel morreu também, e aquilo destruiu as emoções do Ruivo. E foi aí que Jô rompeu com ele. Jô era demais, viu. Deu uma bronca daquelas no Ruivo. Jô estava certinho. O Ruivo não tinha nada que ignorar a dor que o Axel causou em toda a população naquela rebelião vexaminosa

O Ruivo não tinha nada que ignorar a dor que o Axel causou em toda a população naquela rebelião vexaminosa dele. Aquela ralhada funcionou, viu?

dele. Aquela ralhada funcionou, viu? Jô depois teve de passar pela humilhação de ver o Ruivo tirando ele do comando e colocando outro homem. Ninguém entendeu nada.

***RPSP:** Aquele que depois Jô e Binho tramaram para matar?*

DZ: Do jeito que o senhor coloca, parece que só eles erraram. Não, não. É verdade.

Mas, sim, Jô e Binho um dia encontraram esse homem; fingiram que iam cumprimentar ele, e o mataram. Facada no bucho. A tripa chega saiu.

RPSP: *Assim, a sangue frio?*

DZ: Sim. Teve todo esse desgaste, sim. Jô não achava que o Ruivo estava pensando bem, não, e ofereceu seu apoio prum filho dele, que não era o que o próprio Ruivo queria que assumisse seu lugar.

RPSP: *E foi por isso que Ruivo mandou matar Jô?*

DZ: Foi, sim. Tenho pra mim que foi. Acho que o Ruivo viu Jô a vida toda como um espelho dele, sabe? E ele mandou o Benny fazer o serviço, que era um dos trinta e muito, muito forte. É muito triste pensar nisso. Foi numa igreja. O senhor acredita? Jô achou que o Benny não ia fazer aquilo numa igreja. Mas fez, sim. Jogaram o corpo dele

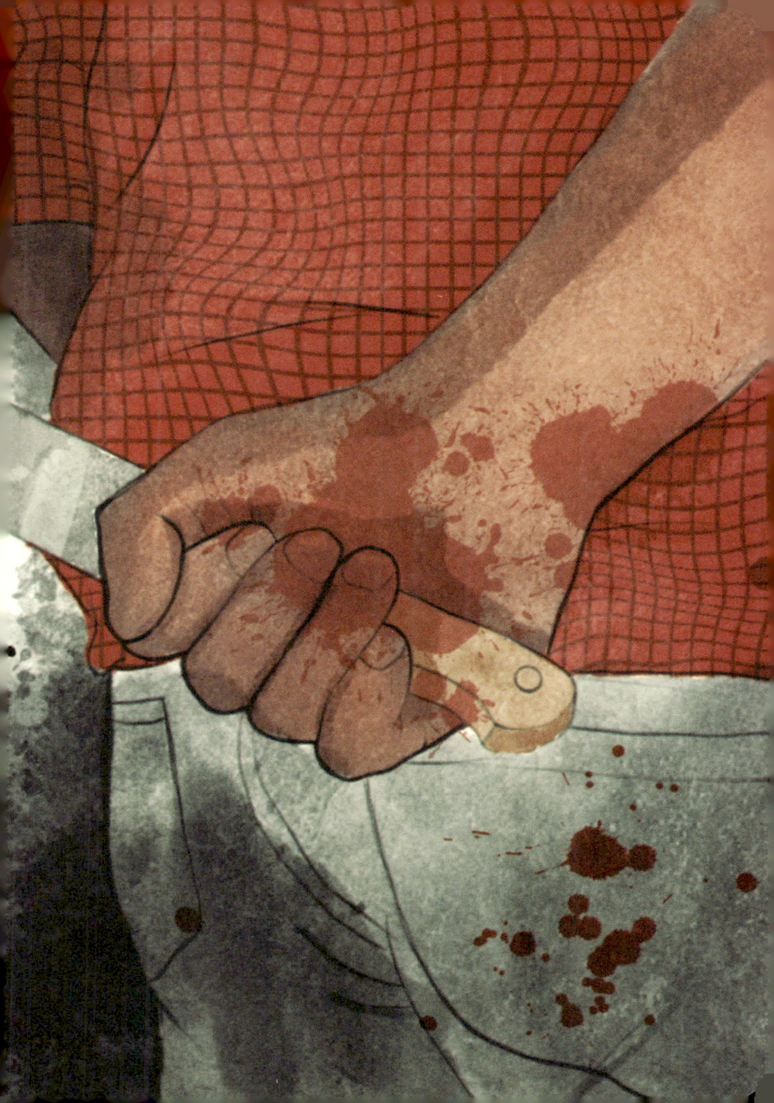

no meio do mato. Só disso que eu soube. E assim perdi meu segundo filho.

RPSP: *A senhora não sabe mesmo onde Binho anda, não?*

DZ: Não sei, não, senhor. É melhor assim. Já se passaram muitos anos, mas acho que ainda tem gente que odeia o Binho lá pro lado do litoral. Ele matou foi muita gente deles, nos tempos que andou com o Ruivo por essa Paraíba. Binho está por aí, meu filho. Sim, tenho alguma notícia. Mas acho melhor não mexer com isso, não.

RPSP: *A senhora diria que o Ruivo foi a ruína de seus filhos? É difícil não imaginar que os três poderiam estar vivos e cuidando da senhora se nunca tivessem se juntado ao Ruivo.*

DZ: Meu filho, o Ruivo foi a melhor coisa que aconteceu na vida deles. Não que ele fosse perfeito. Não, não era mesmo. Mas, vou lhe dizer, o que mais impressionava não era a coragem do Ruivo. Nem mesmo as músicas bonitas dele. E olha que a mistura de brabeza dele nas brigas com a doçura dele na música é um negócio incomparável. Não, não. O que mais impressionava no Ruivo era o coração dele.

***RPSP:** A senhora não culpa o Ruivo? Acho difícil a senhora não ter muito ressentimento por ele.*

DZ: O Ruivo tinha muitos defeitos. Sim. Mas eu acho que o senhor precisa entender que é o melhor que a gente pode esperar de um mero homem. Quem poderia ser melhor que ele? Enquanto houver batalhas, duvido conhecer alguém melhor que o Ruivo.

***RPSP:** Mas no final das contas ele foi a morte de seus filhos. Alguns poderiam ver o Ruivo e mesmo seus filhos como vilões.*

DZ: Olha, moço. Eu sei. Sei sim. Sei

Enquanto houver batalhas, duvido conhecer alguém melhor que o Ruivo.

também que nunca foram tão vivos quanto no tempo que passaram andando com ele. Ele recebeu um monte de gente amargurada, endividada, gente sem ter onde cair morta. E todos eles, sim, todos eles se tornaram mais do que eram por estarem com o Ruivo. Ele fazia a gente ser maior do que a gente era.

***RPSP:** Entendo. Bem, cada um tem seu ponto de vista. Eu queria saber se a senhora não tem um jeito de entrar em contato com Binho. Seria muito bom ter o ponto de vista dele nisso tudo. Ele poderia apresentar o lado do Ruivo nisso tudo...*

DZ: Acho que tô entendendo. Isso tudo aqui é pra achar Binho, não é? Quem te mandou aqui?

***RPSP:** Calma, senhora. Não é nada ruim, não. Sim, meu editor me mandou com a esperança de que, quem sabe, a senhora me levasse a Binho. Ele é o último que sobrou de toda aquela confusão...*

DZ: Como o senhor me achou, pra começo de conversa?

[Conversa interrompida por barulho forte de porta abrindo]

Voz masculina não identificada: Basta. Mainha, a senhora pode pegar aquela

> **“Ele fazia a gente ser maior do que a gente era.**

mala de fuga que te pedi que deixasse pronta sempre. Você, rapaz, não tente nada. Eu não preciso de duas chances pra te acertar no meio da testa e explodir teus miolos por cima dessa tapioca. Assim que eu soube que tinha um repórter vindo falar com Dona Zê, corri pra cá. A senhora fez muito bem de mandar me avisar. Mãos onde eu possa ver, seu litorâneo. Vamos. Me dê esse gravador agora. Eu sei que tu não é repórter coisa nenhuma.

[Barulho forte de pancada, móveis arrastando. Gritos abafados por um pano, porta fechando.]

Esta gravação foi recuperada do gravador reserva que o suposto repórter tinha consigo e que ficou na casa, encontrada abandonada. Sem sinal de Dona Zê. O suposto repórter não foi mais visto e a polícia encerrou as buscas duas semanas depois.

AGRADECIMENTOS

Agradeço aos muitos apoiadores que tive ao longo do projeto. Agradeço aos leitores que sempre me encorajaram e desafiaram.

Agradeço a toda a equipe da Pilgrim e da Thomas Nelson Brasil: Leo Santiago, Samuel Coto, Guilherme Cordeiro, Guilherme Lorenzetti, Tércio Garofalo e muitos mais. À Ana Paula Nunes, que me deu a ideia de lançar um ano de histórias. Ao Anderson Junqueira pelo belíssimo projeto gráfico. À Ana Miriã Nunes pelas capas e ilustrações maravilhosas. Ao Leonardo Galdino, à Eliana e à Sara pelas revisões. À Anelise e Débora que por seu constante apoio fazem tudo ser mais fácil. Aos presbíteros e pastores da Igreja Presbiteriana Semear, por me apoiarem neste projeto.

Sempre há mais gente a agradecer do que a mente se lembra. Sempre um exercício prazeroso bem como doloroso.

Agradeço a Douglas, Larissa, Priscila Dinah e Arlley, minha equipe arretada e amável de assessoria para assuntos paraibanos. Vossa atenção e amizade mudam tudo. Aos muitos amigos de Campina Grande e João Pessoa, por me mostrarem tanto e contarem ainda mais sobre essa terra bendita.

SOBRE O AUTOR

EMILIO GAROFALO NETO é pastor da Igreja Presbiteriana Semear, em Brasília (DF), e autor de *Isto é filtro solar: Eclesiastes e a vida debaixo do Sol* (Monergismo), *Redenção nos campos do Senhor: as boas-novas em Rute* (Monergismo), *Ester na casa da Pérsia: e a vida cristã no exílio secular* (Fiel), *Futebol é bom para o cristão: vestindo a camisa em honra a Deus* (Monergismo), além de numerosos artigos na área de teologia.

Emilio também é professor do Seminário Presbiteriano de Brasília e professor visitante em diversas instituições. Ele completou seu PhD no Reformed Theological Seminary, em Jackson (EUA), e também é mestre em teologia pelo Greenville Presbyterian Theological Seminary e graduado em Comunicação Social/Jornalismo pela Universidade de Brasília.

Emilio ama muito o estado da Paraíba. Sonha com o dia em que vai conhecer Binho, Jô, Zezel, Dona Zê, o Ruivo e alguém melhor do que ele.

Que tal ouvir
enquanto lê?
Separamos uma playlist que tem tudo
a ver com a série Um ano de histórias.

Revisão
Leonardo Galdino
Eliana Moura Mattos
Sara Faustino Moura

Edição
Guilherme Lorenzetti
Guilherme Cordeiro Pires

Capa e ilustrações
Ana Miriã Nunes

Diagramação e projeto gráfico
Anderson Junqueira

Dados Internacionais de Catalogação na Publicação (CIP)

G223e Garofalo Neto, Emilio
1.ed. Enquanto houver batalhas / Emilio Garofalo Neto. – 1.ed. – Rio de Janeiro : Thomas Nelson Brasil ; The Pilgrim : São Paulo, 2021.
64 p.; il.; 11 x 15 cm.

ISBN : 978-65-5689-427-0

1. Cristianismo. 2. Contos brasileiros. 3. Ficção brasileira. 4. Teologia cristã. 5. Vida cristã.
10-2021/86 CDD B869.3

Índice para catálogo sistemático:
Ficção cristã : Literatura brasileira B869.3
Bibliotecária responsável: Aline Graziele Benitez CRB-1/3129

Este livro foi impresso pela Ipsis, em 2021, para a HarperCollins Brasil. O papel do miolo é pólen bold 90g/m² e o da capa é cartão 250g/m².